문학과지성사

문학과지성 시인선 407

세계의 모든 해변처럼

하재연 시집

문학과지성사

문학과지성사에서 펴낸 하재연의 시집

라디오 데이즈(2006)
우주적인 안녕(2019)

문학과지성 시인선 407
세계의 모든 해변처럼

초판 1쇄 발행 2012년 1월 30일
초판 11쇄 발행 2025년 6월 27일

지 은 이 하재연
펴 낸 이 이광호
펴 낸 곳 ㈜문학과지성사

등록번호 제1993-000098호
주   소 04034 서울 마포구 잔다리로7길 18(서교동 377-20)
전   화 02)338-7224
팩   스 02)323-4180(편집) 02)338-7221(영업)
전자우편 moonji@moonji.com
홈페이지 www.moonji.com

ⓒ 하재연, 2012. Printed in Seoul, Korea

ISBN 978-89-320-2277-2 03810

지은이는 2008년 한국문화예술위원회가 지원한 창작지원금을 수혜했습니다.

문학과지성 시인선 407

세계의 모든 해변처럼

하재연

2012

시인의 말

눈을 비벼도
캄캄한 눈으로

내게서 돋아난 두 개의 손을
오래 바라보고 있는 것 같다.

2012년 1월
하재연

세계의 모든 해변처럼

차례

시인의 말

제1부 모르는 장면

제2부　단 하루씩의 사랑

제1부
모르는 장면

픽션보다

웃음을 떠올렸던 순간은 순식간에
일어난 듯 바뀌어서 사라진다.

떨어져 있는 머리카락을
아침 햇빛이 이상하게 비춘다.

꿈속에서 나는 아주
여러 번 살아왔다.

내가 나였을 것이라고 생각한 적이
한 번도 없었다.

놀이동산

1

조금 다른 눈동자
조금 다른 머리 색깔의
내가 목마 위에서
돌아가고 있다

깜빡이는 불빛 아래 내 눈동자가
예쁘다고 생각한다.

2

어느 날 아침엔
음계가 약간 바뀌어 있다.

하나씩 풀었다 하나씩 당긴다.
비뚤어진 것은 줄 하나였을 뿐인데,

다 잘못되었다는 듯이.

3

눈이 반짝 반짝 내리고,
음악이 커지고,
만났다 헤어지는,

내 아름다운 연인들.

4

미로를 걷다가 까먹고
내버려두고 온 소녀를 만난다.

있을 수 있는 사람과

있을 수 없는 사람

자란 것들과
자라지 않고 남은 것들

네 신발은 어디에 두었니?
단발머리 아이가 겁을 먹고 올려다본다.
이상하게도 나와 하나 닮지 않은
눈동자를 하고 있었다.

벨린다 메이

5월에는 벨린다를 만날 테야
내 이름을 묻지 않을 거야
웃지 않고도 살 수 있다니 얼마나 좋을까
편지함에 새들을 키우고
나무 인형에다 물을 줄 거야
햇빛과 구름은 화덕 안에 반죽되어
처음 맡아본 냄새를 풍기겠지

5월에는 벨린다를 만날 테야
목소리에 색깔을 칠할 거야
빗방울만으로 자랄 수 있으니 얼마나 좋을까
물고기가 서랍 속에 헤엄치고
새로 만들어진 노래는
재봉틀로 하나씩 흘러들어 가지
벨린다랑 5월만 있을 거야

고요한 밤의 증식

이곳은 플라나리아의 나라
너와 나의 무성생식은 평화롭고 순조롭게

명료한 얼굴과 침착한 미소로
우리들은 밤의 튜닝을 시작한다

노이즈는 제멋대로 흘러들게 내버려두고
우리들은 천을 짜기 시작한다

아홉 가지 색깔의 실을 걸고
열두 가지 향기의 실을 짜 넣으면

이 밤의 퀼트는 완벽해진다
이곳은 플라나리아의 나라

우리들은 밤의 숨결에
땀과 설탕을 흘려 넣는다

불안정한 빛의 색깔들에 의해
나는 반죽되고 몸뚱아리는 늘어난다

아름다운 인형들의 눈에 눈동자를 붙이는
밤의 작업과도 같이

페르귄트

내가 할 수 있는 한 가지 일은
너를 거기 집어넣는 것
네 눈동자에 비치는
내 눈물이 거울을 따라 흘러내리겠지
속눈썹이 한 가닥씩
굳어가겠지

너를 눕히고
그 곁에 누우면
음악은 흘러나오고
간주는 끝나지를 않는다
내 목소리가 창밖에서
너를 부르네 오랜 동안
아주 처음부터

네가 벗어놓은 옷 옆에
내가 벗어놓은 옷이
낡아서 사라져가고

방문 앞의 발자국 소리가
계속해서 나를 깨우겠지
우리는 반복하듯
서로의 꿈속에서 잠이 들겠지

태엽 감는 소리를 따라
춤을 추고
맨발은 빨갛게 아파오네
네 신발은
내 꿈 안에도 없겠지
차갑지도 따뜻하지도 않게
눈은 내리겠지

지구의 뒷면

인사하는 법이 중요합니다.
개미핥기의 마음을 인정하기 위해서
딱딱한 손짓으로 코를 문질러봐도
해삼과 멍게는 상대방의 마음을
이해할 수 없습니다.

내가 일곱 시간을 자거나 열여덟 시간을 자도
바닷속 해파리들은 이 물결에 갔다
저 물결에 왔다 흔들립니다.
재규어가 물속에서 달린다면
털이 빛나고 아름답겠지만,
그건 기상관측소의 사정과는 다른 이야기지요.

눈 녹는 아이스크림이나 얼음과자 샤베트로
취향을 존중할 수 있다면 좋은 일입니다.
아주 작은 고민거리를 가진 생물들이 모여서
하나의 나라를 건설하는 상상을 합니다.
얼음집에서 털모자가 살듯이

돌고래가 도넛을 먹듯이

세계에는 마흔일곱 가지 계절이 있어서
우주인도 말미잘처럼 낮잠을 잘 수 있다면
그건 좋은 일일까요?
정말 아무렇지도 않게 배가 고파진다면요?
그러니 언제나 인사하는 법은 중요하고
내일의 날씨는 오늘의 구름과 상관없습니다.

사라진 것들

뜨거운 다리미가 사라지고
하얀 셔츠에는 자국이 남았다
그것이 마음에 든다

한 번도 신지 않은 신발처럼
침대 밑의 구두처럼
나의 발목은 가느다랗고 예쁘다

누구에게라도 선물할 수 있다는 듯이
다른 치수를 주문했다는 듯이

아무것도 쓰이지 않은 채
배달된 다이어리가 마음에 든다
검은 문신을 기다리는 리틀 톰과 같이
종이들의 갈색 피부가 지닌 조용함

우리가 바라는 것은
재봉틀의 스티치처럼 순결하고

아름다운 자국
부끄러워할 필요도 없는 뚜렷한 세계

열여섯 살에 팔아 치운 우드피아노가
어디선가 만들어내고 있을 음악

내가 좋아하는 발목은
그 음악에 맞추어 춤을 춘다
모든 최소한의 고요를 위해

물 위의 집들

오늘 있던 마을이 내일이 되면
사라지는 건 어째서일까?
누군가 훔쳐가버린 집들이 돋아나려면
오래 오래 노를 저어야 한다

물고기들이 다치지 않게
노를 저어 학교에 가는 까만 소녀들

소녀들의 빛나는 머리 갈래 사이
나나너너 와우오
회초리 소리 휘파람 소리

바구니마다 가득한 물고기를 밟으면
반짝거리는 내장들의 신선한 냄새
여기는 사라진 마을의 피에스타

브라운 신부님에게도 한 그릇의 쌀밥이
집을 잃은 달팽이에게도 한 마의 흰 광목이

필요하다

자정의 채플 시간에 졸고 있는
작고 작은 소녀들을 위해

호숫물은 일억만 년 전부터 흔들려왔지
쓰레기는 밑바닥부터 냄새를 피웠지
코랄 코랄 성경책처럼 펄럭이며
물고기들은 노래 불렀지

없어진 집들의 광경이 어디로 흘러갔다고는
시티 라이트, 도시의 불빛, 꽃 파는 소녀
누구도 이야기해주지 않습니다

레고 블록

오늘은 배가 아프다.
가운데 조각을 하나 빼내야지.

꼬리를 흔드는 시끄러운 개는
바다에 세워놓는다.

머리카락이 젖는다.
부엌에는 반짝이는 신나는 칼들.

박수를 치면 불이 들어오는
체리목의 새빨간 원형 식탁.

냉장고에는 홍어가 가득하다.
욕조에는 비둘기들이 가득하다.

창문이 다 칠해지면
바다에 띄워 비를 내리자.

지붕이 하늘에 부딪친다.
처음의 한 조각은 어디 있을까?

종이 인형들의 세계

드레스들이 하루에 몇 번씩이나 찢어지는 건
약간 슬픈 일.
머리를 둥근 컬로 말아 올리면
조금 안정이 된다.

오늘은 놀아주는 사람1과
놀아주는 사람2가 왔다 간다.
매일처럼 조금 나쁜 일과 덜 나쁜 일과
놀랄 만한 일이 있을 뿐이지만

어떤 날은 다만
쳐다보는 자의 표정을 할 수 있는 거다.
눈화장이 잘 되는 날은 그렇게
기분이 좋다.

잠을 자고 일어나면
또 식탁이 놓여 있고 드레스들이 걸려 있고
욕조가 빛나고 물고기들이 춤을 춘다.

아무 걸로나 골라서 요리를 할 수 있다.

목욕을 하고 손을 모으고 속눈썹을 내리고
아무 때나 잠이 들 수 있다.

인형들

눈썹이 비뚤게 그려지고
입술이 피처럼 붉은
나는 스무 살이 되었고
너의 엄마는 죽었고
너도 아홉 살에 죽었다
나는 조금도 훌륭해지지 않았다
한 겹씩 덮여가는
이 얼굴에는 캐릭터가 없다
말을 줄이는 것이
세상에 대한 조금 덜 나쁜 태도
백지에는 얼굴을 그리면 되고
나무는 살을 깎아내면 된다
그러나 네 입술에는
색을 칠할 수가 없다
네게서 빠져나간 검은 빛들은
대기를 떠돌아다니고
남은 한 가닥의 머리카락은
계속 자라난다

너는 그때 내게
안녕 또는 어서 와,라고
말했던 것일까?

밤의 케이블카

열일곱 살의 재채기 이후,
나는 만화 속의 내레이션이 되었다.

대사들이 마블링처럼 떠다니는
이 세계에서 어디를 펼쳐도
우리는 모두 사라진 무늬들

왼눈과 오른눈을 깜빡이면서
아름답게 보는 법을 나는 배웠다.

맨발이 까맣게 되도록 춤을 추다
잠에서 깨면,
여기는 만질 수 없는 풍경

휘발된 햇빛을 들이마시며,
나는 평면적으로 잘 자라난다.

이상한 정거장들의 표지판을

채 읽지 못하고
돌아왔다.

자라는 놀이터

대관람차를 타고 떠나는 여행
헬륨 풍선을 들고 갸르륵거리는
소녀들의 땋은 머리카락을 따라 들어가
배꼽에서부터 다시 나는 태어난다

여기, 하고 작은 손가락이
내 손목을 잡았다
하나하나 문들이 열리면 나는 왈츠처럼
허공에다 발을 내딛는다
대관람차를 타고 구경하는 여행

지상에서 우주까지 몇 개의 놀이터가
문을 열어두었을까?
일요일에도 돌아가는
대관람차의 기다란 팔들에 매달려
너는 휘둥그레진 눈을 별처럼 빛내고 있다

팡 하고 풍선이 팡파르를 울리고

소녀들은 목이 쉬어
금세 리본을 내동댕이친다
목마의 불꽃이 타오르는 동안
나는 새로 생긴 놀이터로 들어선다

지상에서 우주까지
여러 개의 계단을 건너

12시

육포에게는 육포의 서른여섯 시간이
개어져 있는 것처럼,
나의 카운터에는 당신이 알지 못하는
분류법이 있습니다.

나는 가능하다면,
명료해지고 싶습니다.

밤과 낮, 같은
단순한 어휘를 쓰는 사람들이 있고,
나는 내가 거기 속하는지
궁금합니다.

채식주의자의 습성처럼
오래오래 성분표를 바라보는 시간
나의 식성은
어제와 오늘이 다릅니다.

밤이 가서 낮이 오는 건 아니고,
세상의 열두 시들은 너무 많습니다.

우리는 어제도 만나고
오늘도 만났지만

밤의 눈동자

가위 소리가 꿈속을 쫓아다녔다.
짤깍 짤깍.

손가락이 다섯 개면
손 하나.

사내애가 되기 싫다며 울었던
내 친구가 머리를 깎인 채로
찬 마룻바닥을 서성거린다.

여기야, 여기
믿을 수 없이 작은 목소리들이
먼지처럼 가랑비처럼

아무렇게나 손을 내밀어선 안 되는 거였다.
여기야, 여기
보고 싶다고 눈을 마주쳐서는 안 되는 거였다.

흰 우유를 작은 접시에 담아두고
미안해
숨을 참고서.

삼켜지지 않기 위해
눈 감지 않는 것들에게.

손가락이 다섯 개면
손 하나.

그림일기

맨발로 공중 화장실을 서성이는
나를 못 본 척하고
집으로 돌아온 것 같다.

등에 멘 가방을 내려놓고
아이스크림을 먹고 싶었다.

할머니가 살아 있을 때 마신 물이
흘러나와 꿈속을 적셨다.

그래서
할머니의 장례식 사진은
아주 흐리고 얇았다.

할머니가 키운 아이들은
콩나물처럼
하늘로 하늘로만 자랐다.

내가 신은 양말이 짝짝이라고
아무도 신경 쓰지 않았다.

그날 죽은 거야,
아무도
나에게 말해주지 않았다.

우리들 교습소

5월과 6월의 첫째 날들이
빈 도화지로 내 앞에 놓여 있다

나에게 주어진 물감들이 몇 가지 색인지
미리 알 수 있다면

하루의 레슨비로
하루의 숨 쉬는 법을 배웠다

너의 몸짓을 베끼는 일에 연습이 필요하다
다르게 숨 쉬는 법을 배우기 위해
필요한 것은 무엇인가

나의 근육은 찢어졌다가 재생한다
아픈 순간을 기억하고 있다가
나에게 속삭인다

조금씩

부족하다고

우리들은 쌍둥이처럼 닮은 몸짓으로
우리들 교습소를 나온다

없어지지 않는 나를 잊으려고
우리들은 날마다 무엇인가를 낳고
일 년의 끝은 아주 금방 돌아온다

주말의 만화영화

1

그 원피스를 입지 않았던 게
오랫동안 후회되었다.

키 큰 오빠가 나를 때렸던 날부터

나는 아주 조금씩
느리게 컸다.

그리고 나는
아무나 따라 했다.

2

팔과 다리를 서로 못 맞춰 울고 싶은
체육시간의 구보 연습같이

여기는 처음,
이라고 생각한다.

팔다리가 길어지면서

이름이 뭐니?
묻는 사람도 없어져간다.

3

화요일의 아이는 시간을 잊은 아이

꼬마야 꼬마야
한 번 줄을 돌렸는데

새 집을 준다고 해도 나타나지 않는

꼬마

아무도 네가 어른이라고 이야기해주지
않아서

목구멍에서
오르골 소리가 흘러나온다.

기생 동물

내 심장을
다섯 개의 손가락으로 쥐어본다면
부드럽고 따뜻할까 그 안에서도 조용하게
단지 열심히 뛰고 있을까

엄마가 모르게 태어난 나와 같이
한 개의 숨소리가 들려온다
또 한 개의 숨소리가 들려온다

바깥이다가 안이 되어버리는 것들

이곳으로 건너오고 난 후
우주 한편에서 떠돌고 있을
내 기억들이 가끔 생각난다
그 기억들 안에 나는 아직 남아 있을까

끝이 나기 전에 죽어버린 주인공이
계속해서 주인공인 만화 속처럼 여기

누군가 나를 불고 또 분다
팡 하고 터질 때까지
하나의 구멍으로 터져
떠오르지 못할 때까지

제2부
단 하루씩의 사랑

관찰기

자신의 털을 핥는 표범의 혀는 따뜻할까.

나는 나의 머리카락 한 올도
희거나 검게 만들 수 없다.

어미가 알을 낳고 알에서 새끼가 나오고
새끼가 투명해지고
알이 아무것도 아닌 것을 낳는다.

버려진 식물처럼 나는
아무렇게나 자랄 것이다.

단 한 번뿐인 일들

무엇이 일어났던 걸까
세계에는 단 한 번 일어났어야 하는 일들이
너무 많이 일어나고 있다,고
나는 생각한다.
쓸모없이 아무 쓸모도 없이.

당신의 도덕적 결심은
고기를 조금만 먹는 것이고
나의 도덕적 결심은
고기를 조금만 먹는 당신을
미워하지 않는다는 것이다.
갈고리에 걸린 살점들의 영혼을 잊고서
붉고 푸른 불꽃으로 살점들을 요리하는
나, 내가 물로 쓴 서명.

무엇이 그러니까 언제 일어났던 걸까
달리고 달려서 여기까지 왔다는 것은.
늦어버린 이어달리기의 소년처럼

아무 손도 내밀지 않은 막대를 찾아
끝없이 두리번거리고 있는

수선공들은
지구의 건너편에서 망가진 트랙들을 고친다.
내가 먹은 살점들을
단물 빠진 껌처럼 씹고
자라는 아기들의 단순한 식욕,
아기들이 낳은 나.

그렇게 우리는 별들이 지나간 투명한 궤도를
돌고 있다,고 생각한다.
일억만 년 후에 혹은 일억만 년 직전에
쓸모없이 아무 쓸모도 없이.

인어 이야기 1

몹쓸 유대인처럼
발바닥이 아프다.

이 발바닥으로 걸었던 적이 있는 것 같다.

구두의 밑창을 갈고 징을 박고
신선한 내장의 요리법을 배운다.

땅에서의 일요일이나 하늘에서의 월요일이나
내게는 다 같은 것*

틀니를 하고 웃는 모습을 바꾼다.
예쁜 얼굴이라고 생각한다.

이 얼굴로 웃었던 적이 있는 것 같다.

금세 고기가 될지 모를 몸으로
또 한 번 살아간다

땅에서 일요일들이 지나가는 동안
하늘에서 월요일들이 찾아온다.

* 『중세의 전설』, 세이바인 베어링 구드.

인어 이야기 2

나의 목소리가 매일
대기에 가까워진다.

내 입술은
내 목소리 바깥의 것들을
흉내 내기 시작했다.

아, 하고 입술이 동그래질 때
어, 하는 신음 소리와 함께

나에게서 떨어져 나온 표정들에게
단 하루씩의 사랑이 주어진다.

거품으로서 웃고 거품으로서 찡그리며
빗방울로 섞여드는 거품 눈물들.

내가 없는 육지를
내려다본다.

희박한 인사를 건넨다.

고요한 맨홀의 세계

어이, 내 목소리가 들려?
어둠 속에 넌
드레스와 파티의 날들.
지구에 맨홀들은 얼마나 되고
맨홀은 어디에나 존재하잖아.
맨홀의 오케스트라를 생각해.
거룩한 암흑의 편집증.
검고 팽팽하던 바퀴가 구르고 빠지고
페달은 빙빙 헛바퀴를 돌고 있었지.
우리는 지구가 멸망해도
자전거를 사랑할 거라고
나는 믿었어,
맨홀들은 지구의 타원형을
점차적으로 구멍 내지.
그건 그냥 동그란 어둠인데,
너는 거기서 끝없이 돌고 도는
발레리나 소녀같이
유령의 신부같이

왜 아름다웠나?
자전거는 버려져서까지 유쾌하고
부러뜨린 발목들은 사라져서
우리는 턴, 턴, 턴,
맨홀들이 번쩍 눈을 뜨는
일요일 또 일요일에.

무기질의 사랑

내 촉수들 중 하나가
너와 키스를 나누면
우리는 사이좋게 소풍 온 단짝 같다.

도시락을 나눠 먹고 키가 함께 크는 친구처럼
너는 내 손을 잡는다.
번개를 먹고 아름다워지는 벌레가
어느 나라에는 있다면서.

하늘로까지 자라난 건
콩나무였나 쟈크였나.
내게서 뻗어 나온 유리관들은
떡잎처럼 싱싱하고 푸르기도 하다.
쟈크는 구름을 사랑했을까?

눈동자에 전구처럼 빛이 들어오고
나는 네가 원할 때면 언제나
스위치를 내려줄 수 있다.

네 눈 안에 어둠이
무지갯빛으로 물드는 동안,

너의 DNA는 밤에도 꺼지지 않고
공기 속에 떠돌며 반짝거리는
너의 영혼,
그것을 불러본다.

나의 촉수는 콩나무처럼 쑥쑥
자라난다.
쟈크를 사랑하듯이.
번개를 사랑하듯이.

당신과 함께

나는 원숭이의 삼촌,
태양에 빨갛고 탐스러운 얼굴이 익어
우산을 사러 간다.

장바구니와 화단 사이를
멜론과 저녁 식탁 사이를
탐색한다.

앞치마는 아무 손이나
집어넣어도 좋다는 듯,
조그만 입을 벌리고 있다.

원숭이들은 섹스도 정답게.
원숭이들은 늙는 것도 코믹하게.

나는 원숭이의 이모,
시커먼 머리가 물을 안 주어도 자라고
식물과 고기를 늘 함께 먹는다.

눈사람의 눈사람들이
하나둘 손을 잡고
웃으면서 녹아내리는 밤에,

가느다랗게 공중으로 피어올라 가는
담배 연기는
그런 나만의 농담.

잔여물들

내가 아, 하고 말하면
너도 아, 하고 대답했는데

네가 오, 하고 말하면
나도 오, 하고 대답했는데

우리의 대화 이후
사라지지 않는 것은
점점 커져가면서

비가 오면 비를 맞는다
입을 아아, 벌리고 비를 맞는다
입을 오오, 벌리고 비를 맞는다

감자에 싹이 나고 잎이 나서
하늘로 올라가는 이파리들은
뿌리가 가고 싶은 곳과는 상관없이

나의 손이 네 몸에 손자국을 남겼는데
너의 머리카락이 나의 머리카락과 엉켰는데

감자에 싹이 나고 잎이 나서
아무렇게나 자란 열매의 씨가
나의 소식이 닿지 않는 곳에 떨어진다

비가 오면 비를 맞는다
바람이 불어 키가 자라나고

빈 화분을 반짝 들어
거리에 내놓는 눈동자 속으로
비가 그쳤다는 듯 쏟아지는
햇빛, 햇빛

고기의 맛

우리는 질긴 이빨로 식탁에 앉아
서로의 목구멍을 들여다보는 기분.
고기의 맛을 좌우하는 건 신선함인가?
푸석푸석한 얼굴의 당신은
내가 썬 고기를 씹고
처음부터 끝까지 고기의 맛에 대해
당신은 이야기하지 않는다.
나는 온 힘을 다해 식칼을 들고
껍질을 벗기고 힘줄을 끊고 기름을
긁어내었는데.

정육점의 비닐 봉투는 거대한 고기처럼
식탁 옆에 놓여 있다.
녹슨 칼은 어디다 버려야 하는 걸까?
당신은 끈질기게 고기를 씹으며
중얼거린다.
나는 오늘 온 힘을 다해 식칼을 들고
정육점에 걸린 정육의

선명한 도장을 도려내었는데.
우리는 질긴 이빨로 식탁에 앉아
때때로 서로의 목구멍이 보이지 않는
기분.

레스토랑의 일

여러 개의 문을 가지고 있고
여러 개의 냄새를 피우는
레스토랑들 중 한 개의 문을 열고,
한 개의 식탁에 앉습니다.
한 개의 냅킨을 무릎에 얹고
한 개의 물잔에 입술을 댑니다.
나를 위해 차려진
한 개의 포크와 한 개의 스푼을
움직이는 것에는
기묘한 정다움이 있습니다.
접시들이 차려지거나 물잔이 채워지는 일의
고요한 질서 안에서 나는
손님의 옷을 입고
손님의 입술로 주문을 합니다.
비워진 접시들이 주방에서 차곡차곡
쌓여가는 동안 배가 부른 손님들은
안녕, 인사를 하며
돌아가고요.

오늘의 나는 긴 머리에 샌들을 신고
오리고기를 주문한 손님으로서
안녕, 인사를 합니다.
뒤에서는 여전히 레스토랑의 일들이
달그락 달그락 벌어지고요.
레스토랑의 문이 딸랑, 하고 닫히면
나는 잠시 내일의 식탁에 대해 잊습니다.
오리고기를 주문한 손님으로서
우산이나 손수건들을
레스토랑에 남겨두고요.

증거들

손댈 수 없이 망가져 있다가
손을 대는 순간
더 망가지는 사물들처럼

오늘 한 도시가 부서지고
오늘 한 집이 부서지고
오늘 한 가족이 부서지고

문방구의 박스 안에 들어간 나나는
박스 안에서 반짝이고 있었다 트윙클 트윙클
엄마가 만들어준 인형은 머리칼이 엉키고
목이 잘 돌아가지 않았다

버리지 않았다 이름을 잊어버린
내 인형이 더러워지는 건 언제일까
문방구의 나나가 트윙클 트윙클 춤을 출 때까지
아무것도 버리지 않았다

새벽의 문 앞에는 신문이 툭, 떨어지고
나는 당신이 어디선가 잠들어 있다가
아침이면 천천히 펼쳐질 걸 안다

오늘 한 가족이 부서지고
내가 만드는 내 인형들이
하나씩 귀퉁이가 떨어져나간다
나는 내 입들이 내 귀들이 내 손들이
천천히 접혀지고 있다고 생각한다

안경잡이

반쯤은 뚜렷하고
반쯤은 흐릿하다.

오늘 오후에 사 온 시력은
오늘의 날씨에 맞는다.

지구의 한편에
버려진 티브이 수상기들이 쌓이고
부서지고 불타오르는 지구의 또 다른 공장에서
깨끗한 화면이 만들어진다.

반쯤은 상냥하고
반쯤은 무서운 일.

우리는 자신의 눈 코 입을
한 번도 보지 못한 사람

우리가 꾸고 남은 꿈들을 판매하는 상점에는

폭풍 안에 닫힌 눈꺼풀들

빼앗긴 시력을 돌려받지 못하고
너는 울고 있다.

곧 내일의 날씨가 시작되고
비가 멈추지 않는 화면.

꼬리 달린 이야기들

미움과 기쁨에 관해서라면
단순하고 아름다운 꼬리들만큼
저마다의 세계에서는 분명한 이야기들도
고양이가 돌고래를 만나듯이
돌고래가 원숭이를 만나듯이
원숭이가 고양이를 만나듯이
순식간에 꼬리가 꼬리를 잡고
맛 좋은 버터처럼 녹아내린다.

메리-고-라운드
우리는 하하 호호 손가락으로
브이 자를 그리며 돌아간다.
꿈에서도 외국어로 인사하는 나는
조금 징그럽지만 검둥이처럼 매혹적이다.
너는 참 멋진 꼬리를 가졌구나,
그런 나를 사람들은 좋아한다.

지구의 다른 쪽에서 자라났다는 언니들

이제야 찾았구나 이제야 만났어
손을 부여잡고 빙글빙글 돌며
메리-고-라운드
네 고독한 얼굴은 언니를 꼭 닮았다, 닮았어
아주머니 아저씨들은 수군거렸지만
나와 한배에서 태어났다는
내 언니들,
회전이 그치고 나니 어디로 간 것일까.

이야기는 나무말의 잔등을 뛰며
세계의 사촌, 이모, 삼촌들에게로 건너갔다.
호랑이가 맛있는 버터로 녹아내린 건
힘세고 아름다운 꼬리를 사랑했기 때문.
검둥이 삼보는 호랑이가 녹아서 된 핫케이크를 사
랑했지.
사촌과 이모와 아줌마 아저씨들은 잔뜩 모여
하하 호호 웃고 있는 중인데
내 머릿속에서 달아난 이야기

빛나던 전구들이 꺼지고 나니
어디로 간 것일까.

미움과 슬픔에 관해서라면
나도 마치 꼬리라도 있다는 듯이
메리-고-라운드
그쪽 말을 다 배웠다는 듯이
불빛 아래 녹아내린다.

콜타르

나는 구경거리가 되었다.
길거리에 세워져서.

서 있던 발바닥이 나를 까먹고
누군가를 대신 데려왔다.

내 흰 발목.
내 불쌍한 발목.

기름을 듬뿍 뒤집어쓰고
무엇이 노릇하게 구워졌다.

이를 새카맣게 칠하고
엄마? 웃고 있었다.

도망자

방은 또 하나의 방으로
방은 또 하나의 방으로

단 한 개의 방들로만 이루어진 우주라는 집
그 한가운데에서

직전의 그의 손목 검은 구멍 속으로 떨어지는 핏방
울들이 그를 살아 있게 하는 걸까 죽어가게 하는 것
일까 나는 내가 짜놓은 그물 한 올이 천천히 풀어지
듯 나의 방문을 열고 나간다 영원히 닫힌 방문은 방
문일까 그렇다면 영원히 열린 창문은 창문일까 다락
에서 오래전부터 소중하게 간직되어온 그것의 먼지를
털어내고 보니 하나도 예쁘지 않은 액세서리였던 것
처럼
　　내가 찾아낸 나에게서 가장 많이 연루된 사람이 나
였던 것일까 내일 밤의 파티 꽃무늬 스카프를 두르고
웃고 있는 나의 얼굴이 검은 원피스의 담배 연기 당
신이 뱉어내는 뒷모습처럼

끝의 실루엣 또는
실루엣으로만 존재하는 끝에 대해
당신은 가끔
이해할 수 있기라도 하듯

눈 속의 발자국

눈 속에 묻힌 발자국들 중에서
어떤 것은 사라지고
어떤 것은 남아 빙하가 되나.

눈밭 위의 달
그 위로 너의 시계 바늘이 움직인다.
소리 없는 초침이 열두 시를 향해가고
계속해서 사라져가는 너의 등

나는 너를 해치지 않는다.
나는 오래전에 이곳으로 떠나왔다.
나는 머지않아 이곳으로 떠날 것이다.

눈 위에 떨어진 핏방울들 중에서
어떤 것은 사라지고
어떤 것은 남아 보석이 되나

사라지는 밤들의 히치하이커로서 너는

손가락을 다시 펼친다.

네가 손을 흔들며 선 거기를
낮꿈같이 지나쳐 왔다.
너의 종착지는
내가 읽을 수 없는 언어로 써 있었다.

너의 텐트가 한편에서 펼쳐지고
유성처럼 너는, 웃는다.
나의 꿈은 북극의 빛으로 반짝
환해졌다 어두워졌다.

우리의 센티멘탈

오늘의 고깔모자를 벗고 나면
내일의 센티멘탈에는
조금 비가 들이치거나
조금 햇볕이 쏟아진다.
똑같은 목소리로 우는 양들의 이름을
구별하여 사랑하는
주인과도 같이
당신의 센티멘탈은
오늘 밤 다른 색깔의 누에고치로 잠이 드는
당신을 소유한다.
당신이 잠을 자는 동안
나의 꿈에 누구도 침입할 수 없듯이.
당신의 여름에서 벗어나기 위해
나는 나의 겨울에 등을 맞대고 있었지.
시리고 뜨거운 등에 새겨지는
어리석은 노래들, 기하학들.
우리의 센티멘탈은 밤을 따라 어디론가 흘러가고
그것이 남길 내일 아침의 양식,

숟가락과 젓가락이 떠올린
축축한 밥알들의
슬픔 없는 타원형.

일요일 후의 일요일

더는 찾아낼 수 없는 시간들을
미루어두려고
나는 너와 만났지
피크닉 바구니의 뚜껑을 닫고서
기차라도 타면
영원한 휴일은 완벽해지지
월요일에서 가장 멀리 떨어진 곳까지
아침 창문에서 가장 멀리 어두운 곳까지

이해할 수 없는 날씨를
이해하지 않으려고
나는 너와 사랑했지
구름은 비, 돌풍은 예감
우체국에서 날아오는 것들은
종이 위에 만들어진 가볍고 까만 죽음
그리고 하얀 잠만 남겨두려고
우리는 서로의 꿈을 다 꾸어버리지

열어보면 쉰 냄새가 풍겨 나올
풍경 바깥에 달린 손잡이들을 내버려두고
우리는 칙칙폭폭 달려가지

세계의 느와르

내게로 온 불량한 목소리는
우연이었다.

우리의 예산은 늘 빠듯하고
여자들은 조금 더 나쁘거나
남자들은 조금 덜 운이 좋았다.

룰을 이해하기 시작하면
불공평한 것들이 퍼즐처럼
맞아떨어지는 쾌감이 있다.

치명적인 아름다움은 어디에,
라고 묻는다.

시간은 빈 술병처럼
금세 비워져버렸는데.

안녕, 드라큘라

당신이 나를 당신의 안으로 들여보내준다면
나는 아이의 얼굴이거나 노인의 얼굴로
영원히 당신의 곁에 남아
사랑을 다할 수 있다.
세계의 방들은 처음부터 끝까지 햇살로 가득하지만,
당신이 살아 있는 사실, 그 아름다움을 아는 이는
나 하나뿐.
당신은 당신의 소년을 버리지 않아도 좋고
나는 나의 소녀를 버리지 않아도 좋은 것이다.
세계의 방들은 온통 열려 있는 문들로 가득하지만,
당신이 고통스럽다는 사실, 그 아름다움을 아는 이는
나 하나뿐.

당신이 나를 당신에게 허락해준다면
나는 순백의 신부이거나 순결한 미치광이로
당신이 당신임을
증명할 것이다.

쏟아지는 어둠 속에서
우리는 우리의 아이가 아니라
우리 자신을 낳을 것이고
우리가 낳은 우리들은 정말로
살아갈 것이다.
당신이 세상에서 처음 내는 목소리로
안녕, 하고 말해준다면.
나의 귀가 이 세계의 빛나는 햇살 속에서
멀어버리지 않는다면.

제3부
우리는 우리의 리듬을

둘 반

발자국이 두 개
술래는 하나

내가 알지 못하는 선들이 모여
만든 이상한 공동체
그 바깥에서

일부러 모서리에 서서
떨어지고 싶지 않은 기분으로

이사를 못 간 헌 집 안에
갇힌 새 집의 마음으로

땅따먹기 돌은 저녁의 햇살 아래
깨져 뒹구는데

배고파 불러도 대답 없이
남겨진 운동화 자국

로맨티스트

어제는 당신을 만났고
오늘은 당신을 만나지 못했다
그러므로 나는 내일까지
이곳에서 살아 있을 것이다
햇빛이 이렇게 맑다
많은 사람들이 죽었다
한 친구는 자살을 했다
장례식에서 우리는 십 년 만에 만나
소풍을 떠나는 꿈을 꾼다
기차를, 기차를 타고
내년 겨울 우리는 모두 다른 나라에서
어떤 나라의 겨울은 또 다른 나라의 겨울과
어떻게 다른지
눈이 녹고 나면 강물은 더 차가워지는지
떨어진 벚꽃의 분홍은 어디로 갔는지
나는 쭈글쭈글한 아기를 낳고
그 조그만 아기를 업고서
시장을 볼 것이다

몇 개의 봉지들을 들고 거리에서 만나
우리는 모든 걸 감추거나
모든 걸 드러낸다
햇빛이 이렇게 눈부셔서
웃는지 우는지 모르는 표정으로
친구들은 빅토리를 그리며 사진을 찍을 것이다
당신도 다른 나라에서 돌아와
흰 셔츠와 검은 셔츠를 입고
하객이거나 문상객이 될 것이다
그러므로 나는 견딜 수 있을 만큼
조금씩 살아간다

은과 나

우리가 세계의 선분들을
이어 맞추기 위해 애쓰는 동안
어긋나는 눈금들 가운데서
누군가가 태어난다

순은이 되기 위해 은에게서 밀려난
그것을 무엇이라고 부를 수 있나

잣 한 알이 열리는 동안
잣나무는 외로웠을까 아니면
다만 귀를 기울이고 있었을까

나무의 바깥으로 나온 초록은
초록색이고 싶었을까

미래의 시간에 내가 일그러뜨린
평면 위에서
나의 어린이들이 하나씩 점이 되어

앉아 있었다

점차 납작해져
그런 나를
생명이라고 부를 수가 없었다

꿈꾸는 도시

오늘 나는 어린이처럼 엎드려
네게 인사를 한다.
최대한 길게 손을 뻗으면
아무것도 너는 궁금하지 않아서
내리뜬 속눈썹이 세상에 전하는 안부.

반짝이는 물고기의 네 토막 난 몸을
나는 깨끗이 씻고,
분홍빛 내장을 흘려보낸다.
바짓단을 펄럭이며 물결을 헤치는
너의 힘줄과 신경이 신호등 앞에서
하나씩 흩어지는 동안.

내 방 안에서 고아가 되며
나는 오늘 네게 인사를 한다.
도시의 등불이 깜빡거리면,
우리는 모두 소년과 소녀로 만나는 거라고.
작약도 카라도 한 송이씩 들고

검은 모자는 동전으로 가득 채워질 거라고.

나의 침대는 공중을 날아
너의 오르간 파이프 속으로 끌려들어 간다.
만인의 기쁨이여,
맑고 투명한 네 피가 천장까지
솟구치는 동안.

파이프와 파이프 사이로
물고기의 내장은 흐르고
반짝이는 비늘들은 땅 위에 뿌려진다.
작약도 카라도 수국도
등불 속에서 피어나는 이곳.

서커스

아무 데도 아닌 곳에서
아침은 시작된다.
아무 데도 아닌 곳으로 우리가 한 발자국 옮겨가
듯이.

나의 사랑, 나의 친구들
그리고 그들 앞에서 나는
하루에 몇 번인가
나처럼 생긴 것을 나의 힘으로 뱉어낸다.

박수 소리를 들으며
조금씩 천천히 외로워지려고.

허공은 무엇으로 이루어져 있나
생각하지 않고
서 있는 자세에 대해 상상한다.

평형에 대하여.

한 걸음 더 나에게서
걸어 나오면서
처음이듯 당신에게 인사를 건네면

손을 벌리며 저쪽 끝을 내밀어주는
허공으로부터
가까워진다.

서커스

뉴욕의 빌딩에서 빌딩 사이
지상에서 천국으로
한 발을 내딛으며,

높이도 바람 소리도 지워지고
이렇게 이상하기 그지없는 넓이.

파이프 오르간이 한 음 두 음 올라간다.
이 빛나는 전구들을
언제까지 다 갈아 끼울 수 있을 것인가.

저들 누구도 나만큼
천사를 사랑하지 않는다.

나는 다치고 피 흘림으로 해서
인간임을 증명한다.
날개 없는 소녀들은 하루에도 한두 번
굶고 깔깔대고 사라진다.

그녀들 모두를 화장시켜 드레스를 입히면
울려 퍼지는 성가 속에 축복을 받을 수 있을까.

뉴욕의 빌딩에서 빌딩 사이
나는 첫걸음을 떼는 순간
완성된다.

하늘의 조명이 켜지고 눈이 멀고

불가능한 공간이 펼쳐지며
이렇게 이상하기 그지없는 넓이.

열차광

세상은 무질서하다
놀이터에서 노는 어린아이의 손처럼
더럽게 흙이 묻었다
그때에
네가 지나쳐 간 역사의 벤치와
내가 지나쳐 간 역사의 간판이
우리의 휴가를 구원해줄 것이다
또는 일요일을
또는 예배당을
가령 세계의 열차 시각표가
내 손에 있다고 해도
세상은 무질서하다
내가 기억하는 것들은
개폐식 차창의 블라인드 사이로
아름답게 대칭이 맞는
줄 선 전나무들
국숫집의 휘장들
어둠 속으로 사라져간

단단하고 빛나는 마지막 칸들
그때에
우리는 우리의 시각이 가리키는
비둘기 또는 카모메 또는
빅토리아의 이름과 헤어지며
흙 묻은 신발을 턴다

초원의 빨래

사라진 정차역에서 출발하는 기차를 타고
그곳에 간다.
긴 빨랫줄이 깨끗하게 묶여 있다.
풀들이 펄럭이고 바람이 분다.

토요일이 지나가고 일요일이 지나가도
빨래들은 거기서 휘날리고 있을 텐데.

햇빛 속에서도 얼룩은 남아 있을까?
얼룩이 휘발되고 나면
달콤했던 냄새가 공기 중에서 떠돌까?

그곳은
창문들을 지나친다.
빨간 지붕들을 뒤에 남겨둔다.
노래가 시작되는 나무들의 목소리를 지운다.

나의 뒤편에서

창틀에 벗어둔 반지는 빛나고
비누 거품들은 공중에서 터진다.

길고 깨끗한 빨랫줄이 묶여 있다.
아무 일도 없이
구름이 저쪽에서 이쪽으로
펄럭인다.

내가 누구인지 몰라도 괜찮아

기러기 떼가 북반구로 날아가는 동안
지구에도 밤은 찾아오고
공원의 벤치에서 홈리스들은 아침을 맞네

집이 없는 사람에게
벤치는 집일까 침대일까
잠자면서도 출렁이는 보트피플들은 구유에 담긴
예수처럼 어리고 슬프다

기러기를 길들이면 정말로 거위가 될까?
거위는 새로 얻은 집을 사랑할까

지구의 북반구에서 완결되지 못한 이야기를
남반구에서 시작하려 한 건 누군가의 잘못
흩날리는 페이지들이 꿈속에서 가벼운
집을 짓는다 나더러 부수라고

코와 입과 눈이 섞인 얼굴들이

꿈속에서 서로 사랑을 나누는 동안
나는 당신의 이름을 잊어버리네

나를 사랑하지 않아도 괜찮아
내가 누구인지 몰라도 괜찮아

* 『내가 누구인지 몰라도 괜찮아』, 파올라 마스트로콜라.

우리 천사원

깨지 않는 약을 가진다면
내일은 사용하게 될까

천사는 배가 고프지 않을까
천사는 배가 부르지도 않겠지

저기 수많은 잠들 사이에
내 것의 잠도 있었을 것인데

나는 썩지 않을 것이지만
나는 기억되지 않을 것이다

내 심장은 지금
어디선가 뛰고 있을 텐데

내가 두고 온 것들이
그곳에서 시끄럽게 떠들고 있을 텐데

내 이름을 쓴다
유리창으로 부딪는 바람에
구름에
물에

흘러내리도록
쓴다

술래놀이

우리는 모두
끝까지 잠을 자보지 못한 사람

꿈 밖에서 일어나는 일들 안에
내가 없다고 슬퍼져서는 안 된다.

물구나무를 서고
또 물구나무를 서도
내 그림자는 같은 색깔이었다.

철봉은 차갑고 녹이 슬어간다.
코에서 비린내가 난다.

꼬리를 잡히지 않으려고
그림자와 비슷하게 웃어본다.

우리는 모두
끝까지 깨어 있어보지 못한 사람

누가 내 손을 탁 치고 갔다.

주위를 둘러보아도
다음에 올 손이 없었다.

손톱 이야기

하루의 열여섯 시간 대나무 잎을 씹는 판다의
두 손바닥처럼
세계는 여러 가지 슬픔 위에 성립되어 있다

나는 초식성으로 살 수 없고
당신의 손톱은 당신의 것으로
자라난다

엄마가 할머니가 되고
마른 호두 껍데기같이 부서지는 동안

이곳에는 고아인 사람과
고아가 아닌 사람이 남게 된다
남아서 배가 고프고 사랑을 한다

부딪치면 짝짝 소리가 나는 나의
손바닥들
그것이 만든 오늘의 조그맣고

부드러운 허공
나 자신도 기억하지 못할

나의 손가락에서 자라난 손톱이
잘려나간다

이제는 마치 나와 상관없다는 듯이
누구의 얼굴도 닮지 않았다는 듯이

인생은 유원지

풍선들이 날립니다.
조금 덜 부푼 풍선도 애벌레 모양의 풍선도
금방이라도 터질 것 같지만
모두 끝이 꽉 묶여서.
축제입니까
그림을 배우지 못한 아이가
그린 꽃들처럼 알록달록합니다.
당신이 숨을 불어넣으며
한 개에 오백 원짜리 풍선들은
지상과 작별합니다.
한 마리 양이 갖고 싶어요.
내가 없는 인생을 살고 싶습니다.
날립니다.
맥주 거품이 터지듯 멀어져가는 휘파람들.
나는 노동을 하고 식량을 살 수 있는
돈을 법니다.
당신이 풍선을 불듯
내게는 하루 치의 맥주를 마실 권리.

그리고 한 마리 양과
나 없는 내 인생에 대해서만
생각하고 싶습니다.
우리가 사고파는 평화와
점차 희박해져 가는 당신의 안부.

카프카의 오후

밝아지면 아침 그리고
어두워지면 저녁

나를 흉내 내고 있는 하루.

커튼을 하얗게 빨아 햇볕에 널고
멸치 국물로 국수를 후루룩 말아 먹고
욕실의 신은 거꾸로 돌려놓으면서.

그가 또는 그녀가 돌아오면 완성되는
깊이가 없는 배경과 함께

한 번도 입어보지 않은 옷을 꺼내 입고
골목길로 들어서면
그림자의 색깔은 시작되고
나의 팔다리는 움직일까.

진짜 웃는 것처럼

크게 입을 벌리면
밤과 같은 까만 목소리가 탕탕
내 납작한 몸을 북처럼 울린다.

눈동자를 가진다는 것은 어떤 것인가.
대화법에 의해
당신과 나는 서로를 완성하는가.

그리고 나는
나를 언제까지 연습할 수 있을까.

밝아지면 아침
어두워지면 저녁

기타큐슈의 검은 강

그날 내가
어디에 있었다고 말할 수 없다

우리는 어떤 운하 옆을 걷거나
어떤 성을 오르거나
어떤 기차를 타고 있었다

우리가 우리를
지나쳐 가는 동안
누가 어디에서 태어났는지
누가 어느 곳에서 자라났는지

우리는 모두 다른 도시의 여권을
팔락거리는 낱장만 간직하고 있었다

이 노래는 왜 아이들의 놀이가 아닌지
오늘의 날씨는 왜 축제가 아닌지

나의 얼굴은 점차 다른 것들을
닮아가고 있었을까

검은 강과 흰 강이 사이좋게 흐르는
기타큐슈에서 만나요

한 번도 말해보지 못한 외국어들이
봄이 되면 눈과 함께 흘러갔다

십일월은 빨갛고, 오월은 꽃
내가 지나쳐 온 마을들의
어느 계절을 사랑한 것이라 말할 수 없다

세 사람

처음 들어보는 노래를 하기 위해
침묵이 필요하고
너를 만나기 위해서는
늘 또 한 사람이 필요하다.

잘 알 수 없는 일들을
대신하고 있는 한 사람은
조금쯤 불쌍하겠지.
소보로빵처럼 부서지는 몸으로
꿈속에서라도 자꾸 태어나겠지.

피와 젖과
눈물 따위
그런 것들로 이루어진 나는
어디 다른 곳에 있을 텐데.

잠을 자면 키가 쑥쑥
자라고

자라서
근사한 손과 발이 내 것이 될 거라
믿었다.

땀 냄새가 진짜인지 겨드랑에 대고
킁킁거리기도 했었는데

접힌 옆모습처럼
사람이
저기 지나간다.

미뉴에트

거룩한 음악은 거룩한 입들에게
맛 좋은 빵은 세상에서 가장 배고픈 입에게

돌아갈 수 있습니까?
우리는 밤이면 태엽 감긴 자장가가 되어
불리고 또 불립니다.

우는 아이에겐 흰 젖을 주고
무릎이 까진 아이에겐 빨간 약을
발라주어야 하는 것입니다.

내가 쓸 수 있는 밤들이
몇 개나 남아 있습니까?
내가 쓰고 버린 밤들이
먼 방에서 우는 이 밤에

나는 나의 짝
버렸는데 다시 돌아온 이름 쓴 실내화

한 켤레를 들고 서 있습니다.

거룩한 음악은 거룩한 입들에게
맛 좋은 빵은 세상에서 가장 배고픈 입에게

4월 이야기

세계의 모든 호텔에서 체크아웃을 하며
연인들은 작별한다.
이제 정말 안녕이라는 듯이.

우리는 우리의 리듬을 이해하는 사람을 만나기 위해
전 생애를 낭비한다.

어제는 빙하처럼 얼어 있던 눈이
녹아 흘러가고 있다.
하양이 사라진 만큼의 대기를 나는 심호흡한다.

12월에 만나 우리는
한여름의 이야기를 한다.
아기들은 계속 태어나고 있다고.

응애응애 우는 울음소리는
조금씩은 닮아 있다.
혼자서 태어난 셀 수 없는 아기들의 요람이

지구처럼 흔들린다.

이제 정말 안녕이라는 듯이
4월의 눈이 내린다.

당신의 혀끝에서 하양은 사라지고
낯익은 차가움이 남은 지금.

언제인가 어느 곳이나

바람이 지나가고
벚꽃잎이 떨어진다
이 기차는 나를 어디엔가는
데려다줄 것이다

떨어진 벚꽃 위로
떨어지는 벚꽃의 얼굴이 한순간 반짝인다
나는 올려다본다
스카 라스카 알라스카

단단하고 하얀 이름이 입속에서
조금씩 녹아내릴 때
내가 낼 수 있는 최대한의 또렷한 목소리로
너의 이름을 불러보았다

한 꽃송이였다가 흩어지는 벚꽃잎들

이 기차는 나를 언제인가는

데려다줄 것이다
어떤 약속도 없이 매달려 있는 벚꽃잎의
무성한 색깔

스카 라스카 알라스카
바람이 지나가지 않아도
벚꽃잎이 떨어진다

반짝임이 사라지고
기차는 종착역에 닿는다

내가 불렀던 너의 이름이
벚꽃잎의 색깔과 함께 흩어지듯이
우리가 만났던 도시가 녹아내려
지구의 물이 되듯이

엄마 기계

무엇이 되기를 꿈꾸는
가령 사서라든가, 나무라든가, 엄마라든가
모든 사물들에게는 어떤 것이 필요한가?
혹은 무엇이 되기를 꿈꾸지 않는다면

스커트 밑에 숨은 자장가들이 울려 나올 때
반짝이는 머신들로서
내용 없는 습자지로서
텅 빈 육체로서

내가 사랑한 만화 속에서
자라지 않는 아기의 이름은 기억나지 않고
기억나지 않는 이름을 기억하지 않는
우리의 입술이 만들어내는 합창 속에서

컨베이어 벨트를 타고 배달되는
유리로 만든 아기들
그것들이 반짝거리며 빛날 때

나의 피와 살은 어디서
비롯되었을까 그것은
왜 비롯되었을까

천사들은
아기들을
내려다보며
가끔 비웃고
가끔 사랑한다

나는
이 세계에서
부드럽게 찢어져 먹기 좋은 형체
기입된 글자들 속에
조용히 포장되면서

오늘

아기 하나가 만들어지고

우리들은
아기들을
내려다보며
가끔 사랑을 하고
가끔 슬퍼한다

몽고반점

어리고 약한 것들이
조금씩 퍼져나가 말도 없이
우글우글하다

아무라도
나를 발견해주기를 바라면서
기도를 했던 적이 있다

이 이상한 자국은 어디서 온 것일까
엷어지고 엷어져서
나는 우주 건너편에서 빛나는 항성의
새로운 생명체가 된 것만 같다

우리는 우리가
태어나기 전의 나라에서
주민이었던 적도 있을까

밤이 너무 까매서 잠들지 않으려고

응애응애
우는 애기처럼

울어도 울어도
사라지지 않는 게 있다는 듯
흰 눈이 내린다

따뜻한 손에 닿아
녹아
없어지려고

자꾸 자꾸
내린다

센티멘털 트라이앵글

권 혁 웅

이 시집을 열면 도처에서 인형들, 유령들, 동물들 나아가 괴물들이 출현한다. 바다가 세계의 모든 해변을 찾아오듯, 사람들은 도처에서 인형들, 유령들, 동물들의 방문을 받는다. 아니 우리는 곳곳에서 인형들, 유령들, 동물들 나아가 괴물들로 변한 우리 자신을 발견한다. 변신의 동력은 지극한 슬픔이다. 인형들, 유령들, 동물들은 이 슬픔의 준거점이자 집결지다. 셋은 우리의 센티멘털 트라이앵글이다. "당신의 센티멘탈은/오늘 밤 다른 색깔의 누에고치로 잠이 드는/당신을 소유한다"(「우리의 센티멘탈」). 보라, 당신이 센티멘털을 소유한 게 아니라 당신의 센티멘털이 당신을 소유하고 있다. 센티멘털이 당신의 상태를 증언하는 게 아니라 당신이 센티멘털의 존재 형식이 된다는 뜻이다. 그 형식은 이렇다.

인형은 존재 없는 존재자다. 인형이란 유(類)를 갖지 못한 개별자들이다. 세계의 모든 어린이들에게는 고유한 이름을 붙인 인형들이 있지만 그것들이 모여 인형의 세계를 구성하는 것은 아니다. 인형들을 모으면 헝겊, 나무, 플라스틱 조각의 모음이 될 뿐이다. 「토이 스토리」가 가능한 것은 '우디'와 '버즈'가 제 자신을 세계에서 단 하나뿐인 우디와 버즈라고 알고 있을 때뿐이다. 그 둘이 여러 우디와 버즈 가운데 하나임을 아는 순간, 곧 주인의 시선 아래 놓이는 순간, 둘은 헝겊 쪼가리와 플라스틱 더미가 되어버린다.

반대로 유령은 존재자 없는 존재다. 유령은 유개념으로 지시될 뿐 개별자들로 명명될 수 없다. 유령이 저기에 있다고 우리가 어렴풋이 깨달을 때 유령은 가뭇없이 사라져버린다. 우리는 유령이 있다는 것을 알고 있지만 저기에 있는 '그것'을 유령이라고 말할 수가 없다. 아무도 없는 복도에서 자동 감지등이 켜질 때, 나를 관통한 어떤 기운에 까닭 없이 한기를 느낄 때, 우리는 '그것'이 우리 앞에 있다거나 우리를 관통했다고 느낀다. 그러나 아무도 '그것'을 지칭할 수가 없다. 그것은 존재자가 아니기 때문이다. '그것'은 지칭할 수 없으나 지칭의 대상을 갖지 않은 것으로서만 존재하는 어떤 자리일 뿐이다.

마지막으로 동물은 존재 변환자being-shifter다. 동물은 한 존재에서 다른 존재로 넘어가는 문턱이다. 우리는 누구나 마음속에 동물을 키우고 있다. 동물이 우리 안에 숨은 욕망의 표현이라는 얘기가 아니다. 우리가 다른 존재가 될 때 그 '다름'을 표현하는 것이 동물이라는 얘기다. 동물은 형상의 변환을 통해 그 본질의 변환을 증명하는 존재다. 여기에는 유물론적 기획이 숨어 있다. 육체가 영혼을 담는 그릇이 아니라는 사실이 그것이다. 우리는 육체를 건너뛰어 영혼의 불멸성에 이르는 것이 아니라 한 육체의 형상에서 다른 육체의 형상으로 전환될 뿐이다. 플라톤은『국가』에서 여러 짐승의 머리, 사자의 머리, 인간의 머리를 한 삼두동물(三頭動物)을 상상한 적이 있다. 이 짐승의 외피에 인간의 머리를 다시 들씌운 것이 인간이다. 이 비유에서 속의 인간은 이성을, 속의 사자는 격정을, 속의 짐승들은 욕구를 상징한다. 그는 이성이 격정과 욕구를 잘 제어해야 한다는 뜻으로 이 비유를 썼지만, 우리가 여기에서 볼 수 있는 것은 인간과 똑같이 존재를 겨루는 사자, 인간이나 사자와 똑같이 제 존재를 거는 뭇 동물들이다. 우리는 인간에서 사자로, 사자에서 뭇 동물들로 변환될 수 있을 뿐 그 외피를 벗어버리고 영혼으로 도약할 수 없다.

인형들, 유령들, 동물들은 센티멘털의 존재 형식이자 세계의 존재 형식이기도 하다. 센티멘털이 세계의 침식을 증명하는 것이기 때문이다. 실로 '세계의 모든 해변'이란, 무수한 센티멘털의 침윤(浸潤)과 습윤(濕潤)의 현장이 바로 세계 그 자체임을 증명하는 장소가 아니겠는가? 이 트라이앵글을 통해서 하재연의 시 속을 여행해보기로 하자.
센티멘털을 통해서 세계에 이르려는 운동, 이것이 하재연
의 시가 품은 벡터다.

1. 인형들

인형들의 세계는 수동성의 세계다. 인형의 주인, 곧 제
바깥에 있는 존재가 부어 넣은 정체성을 제 존재의 근거로
삼는 존재자들이기 때문이다. 자신의 '있음'(존재)이 불가
능한 자들이 인형들이다. "키 큰 오빠가 나를 때렸던 날부
터//나는 아주 조금씩/느리게 컸다"(「주말의 만화영화」).
'나'의 기원에는 분리, 박탈, 폭력, 찢김이 있었다. 하재연
의 인형들이 흔히 성장담에 포함되는 것은 이 때문이다.
모든 성장담은 트라우마를 품고 있으니까. 그리고 트라우
마는 수동의 기원이 되는 큰 수동이니까. 안타까운 건 그
게 동경의 형식이기도 했다는 거다. 키 큰 오빠를 조금씩
따라한다는 것. 맞는 자가 때리는 자의 심정에 제 자신을
의탁한다는 것. 여기서 수동을 능동의 형식으로 오인하는
착란이 일어난다.

드레스들이 하루에 몇 번씩이나 찢어지는 건
약간 슬픈 일.

머리를 둥근 컬로 말아 올리면
조금 안정이 된다.

오늘은 놀아주는 사람1과
놀아주는 사람2가 왔다 간다.
매일처럼 조금 나쁜 일과 덜 나쁜 일과
놀랄 만한 일이 있을 뿐이지만

어떤 날은 다만
쳐다보는 자의 표정을 할 수 있는 거다.
눈화장이 잘 되는 날은 그렇게
기분이 좋다.

잠을 자고 일어나면
또 식탁이 놓여 있고 드레스들이 걸려 있고
욕조가 빛나고 물고기들이 춤을 춘다.
아무 걸로나 골라서 요리를 할 수 있다.

목욕을 하고 손을 모으고 속눈썹을 내리고
아무 때나 잠이 들 수 있다.
　　　　　　　　　　　　—「종이 인형들의 세계」 전문

시의 술어들을 보라. 수동과 능동이 교대로 반복된다.

"찢어지는 건"(수동) → "말아 올리면"(능동) → "놀아주는 사람"(수동) → "쳐다보는"(능동) → "화장이 잘 되는"(수동) → "자고 일어나면"(능동)…… 그런데 이 모든 술어의 주인이 "종이 인형"이라면? 모든 것이 수동일 수밖에 없다. 인형들의 옷을 찢고 머리를 말아 올리는, 인형과 놀아주고 눈화장을 시켜주는 주인의 손길이 따로 있으니 말이다. 문제는 주인이 인형에게는 보이지 않는 능동, 자기 바깥의 능동이라는 데 있다. 자신에게 끼친 영향을 자신의 선택으로 받아들이는 일, 다시 말해서 제 몸에 가해진 바깥의 작용을 자신의 자유의지로 해석하는 전도가 여기서 일어난다. 이 전도야말로 성장담에 본원적으로 내재한 전도다. 성장담이란 성장통의 기록인바, 그 통증의 기원을 자신 안에서 찾아가는 이야기다. 그러나 모든 통증은 본래부터 수동이다. 내가 취사선택하는 통증이란 없다.

　나는 아무 때나 "목욕을 하고 손을 모으고 속눈썹을 내리고" "아무 때나 잠이 들 수" 있지만, 주인이 원하는 때만이 그 "아무 때"에 든다. 이것은 소꿉놀이의 형식이기도 하다. 자, 우리 아기, 목욕하자. 이제 자야지? 손을 모으고 예쁘게. 인형을 어루만지는 주인의 목소리가 들리지 않는가? 이 목소리야말로 자의식의 가면을 쓰고 출현한 초자아의 목소리가 아닌가? 소꿉놀이가 자본주의의 기제와 포개지는 지점이 바로 여기다.

뉴욕의 빌딩에서 빌딩 사이
나는 첫걸음을 떼는 순간
완성된다.

하늘의 조명이 커지고 눈이 멀고

불가능한 공간이 펼쳐지며
이렇게 이상하기 그지없는 넓이.

—「서커스」부분

이번 소꿉놀이에 필요한 것은 장대 하나와 줄 하나다. 놀이를 시작하려면 "빌딩과 빌딩 사이" 허공을 향해 한 발을 떼기만 하면 된다. 저 광대는 위험에 도전하는 용기의 표상, 공포를 극복한 정신의 승리로 추앙받지만 사실 그의 등을 떼민 손은 따로 있다. 소꿉놀이를 할 때와 똑같은 목소리가 그의 내면에, 허공에 울린다. 자, 위험하지 않아. 한 발을 떼면 돼. 너는 부자가 될 거야. 그는 초정상자극을 즐기는 뭇 인간의 시선에 제공된 자본의 인형일 뿐이다.
인형이어서, 인형답게, 그는 쉽게 대체될 수 있다. 그가 줄에서 떨어져 내려도 자본이라는 주인은 또 다른 광대를 줄 위에 세울 것이다. 인형인 그는 태어나는 게 아니라 복제된다. "이곳은 플라나리아의 나라/너와 나의 무성생식은 평화롭고 순조롭게"(「고요한 밤의 증식」). 플라나리아

는 무성생식을 한다. 탁월한 재생 능력이 있어서 둘로 나
누면 머리 쪽에서 꼬리가, 꼬리 쪽에서 머리가 나는데 몸
을 수십 조각으로 토막 내도 환경만 좋으면 각각의 조각이
성체로 자라기도 한다. 플라나리아야말로 자본 아래서의
인형의 운명을 보여주는 상징이 될 만하다. 이것은 인형의
주인인 아이에게도 똑같이 적용되는 운명이다. 아이에게
는 성이 없다. 그는 낳지 않고 복사될 뿐이다. 인용한 시
는 이렇게 끝난다. "아름다운 인형들의 눈에 눈동자를 붙
이는/밤의 작업과도 같이"(「고요한 밤의 증식」).

　인형의 존재 형식을 정리하면 이렇다. A. 수동으로서의
삶, 곧 성장담. B. 세계를 놀이터로 간주하기, 곧 자본주
의 메커니즘의 관철. C. 섹스 없는 생산, 곧 무성생식. 몇
몇 다른 예를 든다.

　A. ① "백지에는 얼굴을 그리면 되고/나무는 살을 깎아내
면 된다"(「인형들」); ② "열일곱 살의 재채기 이후,/나는 만
화 속의 내레이션이 되었다"(「밤의 케이블카」); ③ "이사를
못 간 헌 집 안에/갇힌 새 집의 마음으로/〔……〕/배고파 불
러도 대답 없이/남겨진 운동화 자국"(「둘 반」)

　B. ① "조금 다른 눈동자/조금 다른 머리 색깔의/내가 목
마 위에서/돌아가고 있다"(「놀이동산」); ② "태엽 감는 소리
를 따라/춤을 추고/맨발은 빨갛게 아파오네"(「페르귄트」);
③ "대관람차를 타고 떠나는 여행"(「자라는 놀이터」); ④

"나는 노동을 하고 식량을 살 수 있는/돈을 법니다"(「인생은 유원지」)

　C. ① "나의 사랑, 나의 친구들/그리고 그들 앞에서 나는/하루에 몇 번인가/나처럼 생긴 것을 나의 힘으로 뱉어낸다"(「서커스」) ; ② "나의 어린이들이 하나씩 점이 되어/앉아 있었다//점차 납작해져/그런 나를/생명이라고 부를 수가 없었다"(「은과 나」) ; ③ "반짝이는 머신들로서/내용 없는 습자지로서/텅 빈 육체로서 〔……〕 자라지 않는 아기의 이름은 기억나지 않고"(「엄마 기계」)

　A. ① 나는 누군가에 의해 제작되었고, ② 사춘기 이후 형체 없는 목소리가 되었으며, ③ '헌 집 줄게 새 집 다오'란 명령문을 실천하지 못했다. 나는 내 삶의 주인이 되지 못했으며, 그렇게 목소리 혹은 그림자로 성장했다. B. ① 나는 목마를 탄 다른 이들과 구별되지 않고, ② 내 춤은 자동 인형의 태엽에 따른 것이며, ③ 삶은 대관람차 위에서 전개되고(나는 구경할 수 있을 뿐 능동적으로 참여하거나 정황을 주도할 수 없다), ④ 내 놀이는 노동과 구별되지 않는다. 놀이와 노동을 동일시할 수 있는 이는 아이뿐이다. 내가 이 동일시의 회로에 빨려들었다는 것은 내가 아이여서가 아니라, 아이의 놀잇감인 인형이어서다. 곧 자본의 손아귀에 놀아나는 공깃돌이 되었다는 뜻이다. C. ① 나는 나와 비슷한 것을 입으로 낳았고, ② 나와 아이들은 모

두 이차원이었으며, ③ 내 엄마는 기계였다. 성이 없으니 생산이 없고, 생산이 없으니 사랑이 없으며, 사랑이 없으니 사랑하는 주체도 없다. 인형의 존재론, 이것이 센티멘털을 낳는 첫번째 형식이다.

2. 유령들

존재와 존재자의 불일치를 구현하는 두번째는 유령이다. 유령은 '사라지는 자'다. 아무도 그의 개별성을 인식하지 못한다. 그는 흔적으로 남는데, 이때의 흔적은 그의 사라짐을 증명하는 것이다. 흔적의 현존이란 사라짐의 현존이며, 영원히 사라져감으로써 완전히 사라지지는 않았음을 증명하는 현존이다. 거기에 무엇인가가 있었다. '무엇'이라고 지칭할 수 없는 무엇이. 윤곽은 없으나 위치는 있고 얼굴은 없으나 표정은 있는 그 무엇이.

웃음을 떠올렸던 순간은 순식간에
일어난 듯 바뀌어서 사라진다.

떨어져 있는 머리카락을
아침 햇빛이 이상하게 비춘다.

꿈속에서 나는 아주

여러 번 살아왔다.

내가 나였을 것이라고 생각한 적이

한 번도 없었다.

—「픽션보다」 전문

　시인은 시집의 서시를 이처럼 유령의 존재론으로 시작
한다. 제목을 세 가지 뜻으로 새길 수 있다. 첫째, 유령은
허구(픽션)에 가깝지만 허구보다는 사실적이다. 둘째, 허
구는 그럴 듯함(개연성)인데, 유령은 그럴 듯한 어떤 것보
다도 더 그럴 듯하다. 셋째, 우리는 픽션을 보듯 허구를
본다(이 시집은 한 편의 소설과 같은 일대기다). 첫째는 의
심을, 둘째는 확신을, 셋째는 이야기를 담고 있다.
　"순간"은 "순식간"의 준말이다. 순간은 정말이지 순식
간이다. 순간은 세 가지 계기를 품고 있다. 발생(일어나
다), 변화(바뀌다), 소멸(사라지다). 이 셋은 시간적인 순
열이 아니다. 셋은 발생하는 순간 변화하고 변화하는 순간
사라진다. 존재자가 아니기 때문이다. 순간이라는 시간의
일점은 공간의 일점이 그렇듯 부정으로서만 정의된다. 일
차원인 길이도, 이차원인 넓이도, 삼차원인 부피도 갖고
있지 못한 도형을 수학에서는 점이라 부른다. 따라서 점은
현존할 수 없는 것이지만 모든 차원을 개시하는 준거점으

로 존재한다. "일어난 듯 바뀌어서 사라"지는 저 순간도 그렇다. 현존할 수 없으나 다른 모든 현존을 가능하게 만드는 시간의 동력학은 순간을 필요로 한다. 그렇다면 그것은 "떨어져 있는 머리카락"처럼 부재를 증명함으로써만 존재하는, 사라짐으로써만 거기에 있는 유령의 존재론이 아닌가.

그것은 "꿈속"의 삶과 같이 여러 번 생겨나고 변화하고 죽지만, 그 모든 것을 생성하고 변환하고 지운 후에 다시 하나로 수렴되는(곧 꿈에서 깨어나는) 삶이다. 꿈속의 삶이 그렇듯, 그 삶은 "내가 나였을 것이라고 생각"할 수 없는 삶이다. 한 사람의 정체성이 구성되기 위해서는 과거의 계기들을 지금에 포함해야 한다. '나는 나였던 자다'라는 단언이야말로 모든 정체성의 근간을 이룬다. 그러나 그렇게 하기 위해서는 모든 부정의 계기들을 추방해야 한다. '나는 내가 아닌 자가 아니다'라는 말이 앞의 단언을 뒷받침해야 하는 것이다. 이 부정의 계기로 호명되는 삶이 바로 유령의 삶이다. 데리다는 내가 나를 구성하기 위해 반드시 타자를 필요로 하며, 다시 그 타자를 부정하고 내게서 추방함으로써 내가 성립된다고 말한 바 있다. 그가 이 타자에 붙인 이름도 유령이다.

우리는 모두
끝까지 잠을 자보지 못한 사람

꿈 밖에서 일어나는 일들 안에
내가 없다고 슬퍼져서는 안 된다.

물구나무를 서고
또 물구나무를 서도
내 그림자는 같은 색깔이었다.

철봉은 차갑고 녹이 슬어간다.
코에서 비린내가 난다.

꼬리를 잡히지 않으려고
그림자와 비슷하게 웃어본다.

우리는 모두
끝까지 깨어 있어보지 못한 사람

누가 내 손을 탁 치고 갔다.

주위를 둘러보아도
다음에 올 손이 없었다.

—「술래놀이」 전문

꿈속의 나는 제 자신이 아닌 나, 곧 유령으로서의 나다. '나는 내가 아니었던 자다'라는 말이 가능한 시간이 꿈의 시간이기 때문이다. 그러나 유령은 "꿈 밖에서 일어나는 일들"에는 포함되어 있지 않다. 아무리 내가 자반뒤집기를 해도 그림자는 그림자("그림자는 같은 색깔"), 유령은 유령이다. 철봉에서 쇠비린내가 나듯 내 코에서도 "비린내가 난다." 비린내 역시 실체를 갖지 못한 자의 존재 형식 가운데 하나다. "꼬리를 잡히지 않으려고" 하는 자의 흔적 가운데 하나가 냄새일 테니.

그런데 유령은 놀이의 형식에 포함되자마자 존재의 필수적인 구성적 요인이 된다. 우리는 "끝까지 깨어 있어보지 못한 사람" 곧 한때는 꿈속의 바로 그 사람인 유령이었다. 술래잡기야말로 유령을 수색하고 추적하고 포획하는 놀이다. 그러니 이 놀이를 꿈의 놀이라 불러도 이상할 게 없겠다. 꿈에서 드디어 유령이 출현한다. 여전히 현존하지는 않는 한 흔적으로서. "누가 내 손을 탁 치고 갔다." 누군지 알 수 없으나 내 손의 감각으로 남아 있는 어떤 흔적 혹은 사라짐이 있었던 것이다.

그렇다면 유령은 어떤 시간에 출현하는가? 데리다와 들뢰즈는 『햄릿』의 유명한 구절을 들어 이 시간을 설명한다. "시간이 이음매에서 벗어나 있다Time is out of joint." 통상의 시간이 탈구되어 이음매에서 벗어날 때, 꿈의 시간이 열릴 때, 생성과 변화와 소멸을 말아 쥔 어떤 순간에, 유령이 출현한다. 이 시집에서 그 시간은 일요일이라 불린다.

일요일에도 돌아가는/대관람차의 기다란 팔들(「자라는 놀이터」)
땅에서 일요일들이 지나가는 동안(「인어 이야기 1」)
맨홀들이 번쩍 눈을 뜨는/일요일 또 일요일에(「고요한 맨홀의 세계」)
또는 일요일을/또는 예배당을(「열차광」)
토요일이 지나가고 일요일이 지나가도/빨래들은 거기서 휘날리고 있을 텐데(「초원의 빨래」)

괴물처럼 대관람차의 팔들이 길어질 때, 다른 세계로 진입하는 입구인 맨홀이 눈을 뜰 때가 바로 일요일이다. 일요일은 이상한 시간이다. 일요일은 한 주의 시작(달력을 보라. 일요일은 한 주의 들머리에 놓여 있다.)이면서 한 주의 끝(우리는 토요일과 일요일을 합쳐서 주말이라 부른다.)이다. 어떻게 보면 그것은 시간의 이음매일 테지만(일요일 덕분에 시간은 쳇바퀴를 벗어나지 않는다.) 이 시집에서는 일요일이 이음매로 기능하지 않는다. 일요일 후에도 일요일이 계속되기 때문이다. 월 화 수 목 금 토 일 일 일……인 시간. 휴식이 아니라 모든 시간의 직전이거나 직후인 그런 시간.

더는 찾아낼 수 없는 시간들을

미루어두려고

나는 너와 만났지

피크닉 바구니의 뚜껑을 닫고서

기차라도 타면

영원한 휴일은 완벽해지지

월요일에서 가장 멀리 떨어진 곳까지

아침 창문에서 가장 멀리 어두운 곳까지

이해할 수 없는 날씨를

이해하지 않으려고

나는 너와 사랑했지

구름은 비, 돌풍은 예감

우체국에서 날아오는 것들은

종이 위에 만들어진 가볍고 까만 죽음

그리고 하얀 잠만 남겨두려고

우리는 서로의 꿈을 다 꾸어버리지

열어보면 쉰 냄새가 풍겨 나올

풍경 바깥에 달린 손잡이들을 내버려두고

우리는 칙칙폭폭 달려가지

—「일요일 후의 일요일」 전문

　"더는 찾아낼 수 없는 시간"은 은닉된 시간, 이를테면 꿈에서만 보존되어 있는 시간이다. 그 시간을 미루어둔다는 말은 그 시간을 끝내지 않는다는 말과 같다. 시작하면서 끝나는 시간이기 때문이다. 이를테면 그것은 한 번의 여행으로 모든 휴식과 일탈을 대신하는 피크닉의 시간이다. 우리가 피크닉을 떠난다면 "영원한 휴일"은 완벽해질 것이다. 시인은 이해할 수 없는 것을 이해하지 않는 곳에서 진정한 사랑이 시작된다고 말한다. 그것이야말로 타자를 타자 그대로 받아 안는 일이기 때문이다. 타자를 이해한다는 것, 그를 나와 동일한 이해의 지평에 둔다는 것은 이차원의 일이다. 그때 우리는 "평면 위에서" "납작"해질 것이다(「은과 나」). 이때의 이해란 납득(納得), 포착(捕捉), 장악(掌握), 파악(把握)과 비슷한 말이다. 왜 그이를 잡아들여야, 주머니에 넣어야 직성이 풀리는가? 캥거루도 아니면서. 그를 그이 자신으로 두는 것, 이것이 사랑이다. 사랑은 꿈의 논리를 둘의 차원에서 반복하는 것이다. 이렇게. '우리는 우리가 아니었던 자들이다.' 이제 "우리는 서로의 꿈을 다 꾸어"버릴 것이다. 이 시의 제목은 일요일이 탈구된 시간의 입구임을 말해준다. 일요일 후에는 월요일이 시작되는 게 아니라, 그 원환에서 빠져나온 요일 곧 다른 일요일이 시작된다. 이 시집에서는 이상하다는 말이 여러 번 반복되는데, 이 이상한 상태가 바로 일요일이 도래했음을 보여주는 징표다.

유령의 존재론을 간추려보자. A. 사라짐으로써 현존하는 삶, 곧 흔적으로 살아가기. B. 꿈속의 정체성을 갖는 일, 곧 비동일자로 남기. C. 이상한 일요일들에 거하기, 곧 탈구된 시간을 누리기. 유령으로서 태어나고 살고 사랑하고 사라지기, 이것이 센티멘털의 두번째 형식이다.

3. 동물들

동물은 일차적으로 유령의 육화(肉化)다. 다른 존재의 문턱을 넘어온 자가 동물이다. 정확히 말해서 동물은 그 형상으로 존재 변환의 문턱을 지시한다. 정체성에 관한 한, 나는 여전히 모순율의 지배를 받는다. 앞에서 이를 '나는 내가 아닌 자가 아니다'라고 언명한 바 있다. 그렇다면 동물들도 그럴까? 다른 동물은 다른 존재일까?

인사하는 법이 중요합니다.
개미핥기의 마음을 인정하기 위해서
딱딱한 손짓으로 코를 문질러봐도
해삼과 멍게는 상대방의 마음을
이해할 수 없습니다.

—「지구의 뒷면」 부분

표면적으로는 그런 것 같다. 개미핥기의 마음을 해삼과 멍게가 이해할 수는 없으니까. 서로 안면을 트는 일(인사)부터 불가능하니까. 그러나 앞에서 우리는 "이해"가 상대를 납작하게 눌러버리는 이차원의 강압이라는 것을 이미 보았다. 우리는 이렇게 말해야 한다. 동물은 변환의 결과가 아니라 문턱이라고. 따라서 동물은 무엇보다도 변환의 이쪽과 저쪽을 접속하며, 이 접속 자체의 증거물이다. 동물은 이차적으로 다른 동물의 육화다. 인용한 시는 이렇게 이어진다.

> 눈 녹는 아이스크림이나 얼음과자 샤베트로
> 취향을 존중할 수 있다면 좋은 일입니다.
> 아주 작은 고민거리를 가진 생물들이 모여서
> 하나의 나라를 건설하는 상상을 합니다.
> 얼음집에서 털모자가 살듯이
> 돌고래가 도넛을 먹듯이
>
> —「지구의 뒷면」 부분

시인은 "이해" 대신에 "취향"을 말한다. 동물들은 '같음'(이 지평을 밀고 가면 이해에 이른다)이 아니라 '다름'(이 지평의 끝에는 취향에 대한 존중이 있다)의 문턱에 있으며, 그로써 이쪽과 저쪽의 변환이 가능해진다. 그들이 모여 만든 나라는 지배/피지배를 전제로 한 나라가 아니라 그냥 한데 어울려 사는 마을이다. 그것은 의미의 유사성이 아니라 소리의 유사성으로 옆집에 사는 사전 속의 단어들과도 같다. 이렇게 해서 "얼음집"과 "털모자"가, "돌고래"와 "도넛"이 이웃해서 산다. 시는 여기서 더 나아간다.

> 세계에는 마흔일곱 가지 계절이 있어서
> 우주인도 말미잘처럼 낮잠을 잘 수 있다면
> 그건 좋은 일일까요?
> 정말 아무렇지도 않게 배가 고파진다면요?
> 그러니 언제나 인사하는 법은 중요하고
> 내일의 날씨는 오늘의 구름과 상관없습니다.
>
> ——「지구의 뒷면」 부분

'아무렇지도 않음'의 다른 표현이 '상관없음'이다. 두 말은 취향(의 존중)과는 가깝지만 이해와는 먼 표현이다. "마흔일곱 가지 계절"이라니, 이건 사계절의 열두 배, 스물네 절기의 두 배에서 겸손하게 하나를 뺀 숫자 아닌가? 이 정도라면 세계의 모든 계절이 포함될 만하니 "우주인"이 "말미잘처럼 낮잠을" 자는 것도 가능하겠다 싶다. 말미잘처럼 자는 우주인이라니! 이것은 공포증의 발현이 아니라 유머의 표현이다. 말미잘 우주인의 출현이 아니라 낮잠 후에 머리가 부스스하게 일어난 인물의 출현인 셈이다. 너, 꼴 좀 봐라. 말미잘 괴물 같네. 이런 방식으로 동물은 괴물로 진화하기도 한다.

"금세 고기가 될지 모를 몸으로/또 한 번 살아간다"(「인어
이야기 1」)
"당신이 나를 당신에게 허락해준다면/나는 순백의 신부이
거나 순결한 미치광이로/당신이 당신임을/증명할 것이다"
(「안녕, 드라큘라」)
"엄마가 모르게 태어난 나와 같이/한 개의 숨소리가 들려
온다"(「기생 동물」)

인어는 반인반수이니 아직 문턱에 이르지 못한 동물이
며, 드라큘라는 "순백의 신부"이거나 "순결한 미치광이"의
배우자이니 사랑의 영원성을 증거하는 문턱이고, 기생 동
물은 내가 태어나기 전의 나이니 유령과 비슷한 지위를 가
진 동물이다. 이들이 한데 어울려 "메리-고-라운드" 곧
회전목마 위에서 돌아간다.

미움과 기쁨에 관해서라면
단순하고 아름다운 꼬리들만큼
저마다의 세계에서는 분명한 이야기들도
고양이가 돌고래를 만나듯이
돌고래가 원숭이를 만나듯이
원숭이가 고양이를 만나듯이

순식간에 꼬리가 꼬리를 잡고
맛 좋은 버터처럼 녹아내린다.

메리-고-라운드
우리는 하하 호호 손가락으로
브이 자를 그리며 돌아간다.
꿈에서도 외국어로 인사하는 나는
조금 징그럽지만 검둥이처럼 매혹적이다.
너는 참 멋진 꼬리를 가졌구나,
그런 나를 사람들은 좋아한다.
—「꼬리 달린 이야기들」 부분

　"미움과 기쁨" 곧 센티멘털에 관해서라면 동물들도 한 말씀 할 게 있으리라. 이야기tale는 꼬리tail의 동음이의어이기도 하니까. 고양이가 돌고래와 원숭이를 거쳐서 제 자신으로 돌아오는 순환담은 꼬리 잇기 놀이의 일종이다. 앞 동물의 꼬리를 잡고 돌고 돌았더니 자기 자신의 자리로 돌아왔다. 여러 문턱을 거쳐 온 회전목마처럼. 우리는 멋진 꼬리를 가졌고(따라서 동물이다) 서로 오르내리며 문턱이 되었다가 문턱을 없앴다가 한다. 어째 무슨 '동물당 선언' 같지 않은가? 세계의 동물들이여, 단결하라. 투쟁 대신에 한데 어울려 신나게 돌아보자, 메리-고-라운드! 그러니까 동물들은 서로 이어지며 서로의 문턱이 되었다가, 서로 다른 존재가 되었다가, 그 다름을 품은 채로 하나가 된다.

인간만이 사이[間]를 집게발로 버팅기며 서 있는 존재다. 아니 그 버팅김 자체[人]가 인간이다. 동물은 식물, 광물과 더불어 사물의 일종이다. 다르게 말해서 유물론의 자식이다. 시의 뒷부분에는 이런 구절이 있다. "호랑이가 맛있는 버터로 녹아내린 건/힘세고 아름다운 꼬리를 사랑했기 때문." 이제 동물은 사물과도 견고트는 무차별의 문턱이 된다. 이런 동물은 관념의 표현인 동물과 얼마나 다른가? 관념에 포획된 동물은 기껏해야 욕망의 분신 아니면 알레고리의 화신에 지나지 않는다. 하재연의 동물들은 모여서 이상한 신음 소리를 내지도 않고 금수회의록을 적지도 않는다. 그럼에도 불구하고 이들을 이렇게 만든 것이 "미움과 기쁨"이라는 점에서, 이들은 센티멘털의 자식이다.

동물은 이렇게 표상된다. A. 변환의 문턱, 곧 타자와의 접촉면을 보이기. B. 다름, 곧 타자적 삶을 긍정하기. C. 유물론의 소산, 곧 세계 자체의 출현을 증거하기. 반인반수에서 동물로, 나아가 괴물로 진화하기, 이것이 센티멘털의 세번째 형식이다.

4. 센티멘털의 힘

이 시집에 출몰하는 세 가지 이상한 존재들을 살폈고,

이들의 출현이 센티멘털의 역능임을 보았다. 사실 센티멘털리티sentimentality는 유약함의 표상이 아니다. 감상(感傷)은 원인이 아니라 결과다. 감상이 내면을 헐게 만드는 망치가 아니라 헐어버린 내면의 표현이라는 얘기다. 나아가 그 감상이 헐어버린 세계의 표현이라면? 이를테면 "거룩한 음악은 거룩한 입들에게/맛 좋은 빵은 세상에서 가장 배고픈 입에게"(「미뉴에트」) 주어져야 한다는 믿음의 표현이라면?

기호가 촘촘하게 덮고 있는 표면을 우리는 세계라 부른다. 센티멘털은 기호가 작동하지 않는 지점, 곧 세계 너머를 표시한다. 센티멘털은 기호의 잔여물이다. "나의 손이 네 몸에 손자국을 남겼는데/너의 머리카락이 나의 머리카락과 엉켰는데"(「잔여물들」). 이 잔여물들은 기호의 무능을 표시하고, 흔적이나 사라짐으로 현존을 표시하며, 있는 그대로의 타자가 우리의 현존에 구성적으로 참여하고 있음을 표시한다. 상징화, 기표화가 불가능한 지점이 세계의 모든 해변이다. 따라서 이 시인의 센티멘털은 세계의 모든 해변을 접수하려는 시적 전략에 가깝다. 우리가 기댄 표상, 우리가 추방한 표상, 나아가 우리가 이해할 수 없는 표상인 인형, 유령, 동물 들이 저 바다에서 온다. 괴물 상륙 작전이다. 센티멘털은 이 작전의 코드네임인 셈이다. 이제 세계의 모든 해변에서 상륙 작전이 시작된다. ▨